DUODUO

JIEJUJI

多多
截句集

多多——著

GUANGXI NORMAL UNIVERSITY PRESS
广西师范大学出版社
·桂林·

多多截句集
DUODUO JIEJUJI

图书在版编目（CIP）数据

多多截句集 / 多多著. —桂林：广西师范大学出版
社，2019.1
ISBN 978-7-5598-1396-1

Ⅰ．①多… Ⅱ．①多… Ⅲ．①绝句－诗集－中
国－当代 Ⅳ．①I227.7

中国版本图书馆 CIP 数据核字（2018）第 262273 号

广西师范大学出版社出版发行

（广西桂林市五里店路 9 号　邮政编码：541004）

网址：http://www.bbtpress.com

出版人：张艺兵

全国新华书店经销

北京盛通印刷股份有限公司印刷

（北京经济技术开发区经海三路 18 号　邮政编码：100176）

开本：787 mm × 1 092 mm　1/32

印张：3　　字数：5 千字

2019 年 1 月第 1 版　　2019 年 1 月第 1 次印刷

印数：0 001~6 000 册　　定价：56.00 元

如发现印装质量问题，影响阅读，请与出版社发行部门联系调换。

为什么骆驼需要双峰才可穿越沙漠？

一行

两行

三四行

没有目录的诗歌文本

我望着你，你只望着自己

我望着那里，我只望到你

我在看我看不到的事物

我看到了时间——那朵漫长的玫瑰

那时狮子还会思考，美人眼中还没有怒火

那时我们还能走进不可理解的事物

是心灵创造不可见的，在谜

和它强大的四壁之间，容生活的寓言穿过指环

如我的目光能够穿透你的眼睛

就会看到更远的地方

那里只剩两棵树，一棵是另一棵的影子

她们的身体曾是原野，还在释放梦所接纳过的

她们洗浴的气息已放慢了河流的流动

那时你出现，你驻足，以停止我的徘徊

爱应当没有名字，已让只栽玫瑰的坡暗了下来

树没有心，因无人搂抱而笔直向上

因绝育女人的依靠而更为挺拔

女雕像搁在公园一角，谁经过

都往她的嘴里撒一把硬币

那时我听见某种声响，比蛇的叹息还要轻

我偷你在搅拌色拉时的话语

在多大程度上，猜就是偷？

你躲在你的笑容后面，太阳在你眼中说谎

独自在黑暗里，你也是，太阳暗自发光

我们就是要睁着眼沉默

沉默中有一盏未燃的灯，要点燃它

以照亮从未抵达我们的每一日

不知感情要什么，鸟儿的头藏在暗示里：

用笼子里的智慧喂它

金银花像一记勾拳停在半空

已无力约束这结束

你的心就藏在我要找的事物后面

后面就是它所有的地点

笼物竖起耳朵，肉丸子在云中，云朵充满激情

蛇如此倾听我的讲述

插翅的藤与钟缠在一起，不够爱之所用

蚝壳滚滚卸到我们一起翻身的床上

我进入夜的另一面

第五个季节已在用假声歌唱

你的眼睛是两扇张开在海底的窗户

我们头顶的星星还是一些电视

明天已在钟表内，你的第六根脚趾开始生长

一个苹果在窗台上微笑，玫瑰只知长刺

所有的词都亮了

两只大鸟，没有羽毛，全身都是肌肉

黑暗中，我们彼此识别

美就跪在那里，如初犯的罪

像创造一样稳定

玫瑰的欲望已经与剑的欲望一致

一双鞋保持着你脚趾的形状

舞蹈着走过去，意味着有多少次出发

就有多少次折回

我挨着你，等你，我的花

在别人衣领上开放，我是你的尘土

我是你的过往掠过的一幅风景画

我是你的情人

数我的玻璃眼泪吧，你已抓住未来的故事

D. D 2008

你的背影比你复杂，我还在观察

我们之间的那块田野

孤独是灯塔，与爱平行

嘲讽从自嘲中涌出，为解嘲

玫瑰是灰色的，它的影子是玫瑰色的

没人是他自己，我看到羽毛状与风搏斗的人影

见证者帮我们遗忘

我坚守活着的状态，我的孤独不容打扰

我是一个一年滚破七层床单的作家

我依赖紧张甚于依赖你的床

谁同情痛苦就去数羊毛

把我的鼓也带走吧，深埋它比敲响它更值得

我身后，这些词利用我的声音

棺木就这么强大

孤独是年轻人的事

一个眼皮覆满死蛾的女人已对准我的星座

我在歌内回忆，并摇动背上的箭镞

垂钓者瞪着鱼一样的眼睛，他们在观察自己的心

树木望得更远，不再有障碍，它们交出了障碍

抽打树木的孩子个个都是天使，一个比一个矮

无为太昂贵，晚年的雷声把它送到

闪电喜爱从未占有

父亲被母亲挡着，大提琴就有梨形的臀部

一匹马奔来，我们相识，于是马奔走

又一匹奔来，于是我奔走……

一只大鸟望着我，用母性的神情

我蒙着脸，快乐地长牙

我穿着金鱼穿过的衣裳，就能从口袋不断掏出糖果

我怕雷声，妈妈也怕，我爱我怕的

树木穿着小男孩的短裤揩擦天空

寄往母亲坟墓的信到达

我梦着，梦到我不再是一匹马

练习这不完美，大地没有另外的视力

世界有个痛苦的母亲

灵魂没有准备，珍贵的事物藏匿着

比母亲的坟墓还要忠实

墓石亲吻墓石，其间有打开肉体的再次努力